KB137643

시가 품은 조각,
조각이 품은 시

추파를 던지다

신휘 시
유건상 조각

시가 품은 조각,
조각이 품은 시

추파를 던지다

발행일 | 2022년 2월 15일

시 | 신휘
조각 | 유건상

펴낸이 | 신중현
펴낸곳 | 도서출판 학이사
출판등록 : 제25100-2005-28호
주소 : 대구광역시 달서구 문화회관11안길 22-1(장동)
전화 : (053) 554~3431, 3432 팩스 : (053) 554~3433
홈페이지 : http : // www.학이사.kr
이메일 : hes3431@naver.com

ISBN _ 979 - 11 - 5854-345-7 03810

• 이 책은 경북문화예술재단에서 제작비 일부를 지원받았습니다.

시가 품은 조각
조각이 품은 시

추파를 던지다

신휘 시 / 유건상 조각

學而思 | 학이사

차례

시가 품은 조각,
조각이 품은 시

추파를 던지다

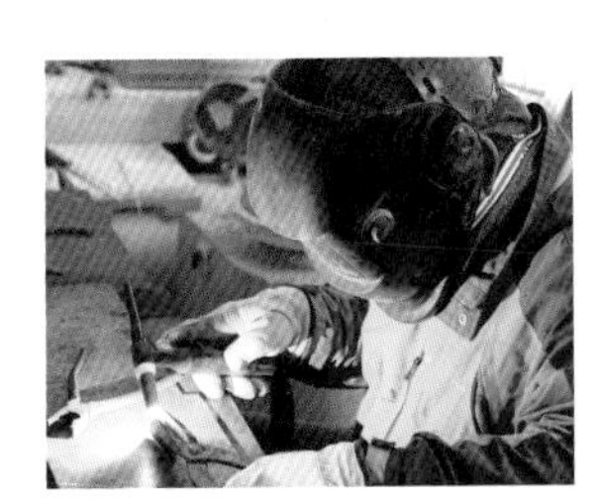

작가의 말

나무를 나무라 말 못 한다
너를 보았는데 보았다, 말하지 못한다
있지만, 없기만 한 그늘에 앉아
애꿎은 개미만 오래 눌러 죽였다
그늘이 나무가 될 수 없는 건
스스로 벌레처럼
나무의 말을 갉아먹었기 때문
나무로서
무수히 많은 자신을 배반하였기 때문이다
그러므로
나는 얼마나 많은 나를 지워버렸나
나무를 나무라 말 못 한다
언제나 너를 봤지만
한 번도 본 적이 없다
나무는 증거처럼 서있는데
오랜 장막처럼 나는 혼자 식어만 갈 뿐이다

2022년 1월 중순 감천 강가 작은 마을에서 신휘 쓰다

노을과 노루

싸리꽃 지면
사람들은 산을 몰고 내려왔다

제석봉에 봉화 오르면 닭이 울고
노루가 울었다

저마다 뜨거웠던 생의 한때는 있어서
저녁이면 별들도 끼니 잇느라 분주한데

벼린 칼끝으로,

막다른 노루의 목을 누르면

하얀 사기그릇 속

올무에 걸린 노을이 어둠을 베고

피보다 곱게 쓰러져 누웠다

노을과 노루 25×35×63 bronze

봄이 머물다 간다

내가 외로우니
꽃들도 외롭다

내가 쓸쓸하니
새들도 쓸쓸하다

봄 깊어
산 그림자도 따라 깊어가나니

내 마음 가닿는 곳에
꽃 피고 새 와 운다

봄이 머물다 간다

희망나그네 24×24×60 resin

반달

내 몸의 반쪽을

그대에게 주었으면 좋겠습니다

그러면,

어딘지 모르게 나는 아파서

밤마다 그대 쪽으로 몸이 기울고

그대 포구에

매일 뒤뚱대는 배 한 척 들락거릴 테지요

내 몸의 반쪽을 그대에게 주고 난

빈자리에,

오늘도 나는 당신을 싣고 돌아옵니다

내 몸의 반쪽 27×28×63 resin

그대가 나인지 내가 그대인지 모를
배 한 척을, 하늘 먼 기슭에 받쳐놓고

오늘도 여전히 나는
당신 곁을 맴돌며 표류 중입니다

이미 만선입니다

아내의 코스모스

아내가 손뜨개로 차양을 짜
내 방 창문 높은 곳에 걸어두고 갔다

그녀는,
내가 좋아하는 코스모스를 흉내 내
만들었다는데

나는 치렁한 꽃 차양이
성가신 햇살 가려줄
용도로밖에 생각되지 않는다

그러던 것이
융성했던 마당의 꽃들 지고

얼마 남지 않은 마당의 맨드라미
바스라질 무렵

지난 계절 핍진했을 당신의 꽃밭 근황이 궁금해

닫아둔 창문 다시 열어놓고 보니

거기,
하늘 먼 배경으로 피어있는 코스모스

외곽진 내 몸에 바람 들세라
창창한 허리 흔들며 눈 어지럽히는데

언제부터였을까

빨주노초파남보
지난 계절 무심히 지나쳤을 사연

한 땀 한 땀 수놓으며 간직했을 아내의 가슴앓이표
코스모스

혹, 다시 마를세라

지난 여름 장만해 둔 분무기 물 담아
뿌려주고 나니

그제서야 희죽했던 그녀의 생이
내 안에 되살아나는 것이 환히 웃어보였다

아내의 코스모스 44×20×58 bronze, granite

반쪽 27×15×55 resin

별밥

국숫발처럼 늘어진 저녁이 오네
누군가 솥뚜껑 같은 달 걸어놓고
*별밥을 짓고 있네
그리움은 잉걸불처럼 타는 것이라서
아무리 빨리 뜸 들여도 잘 식지 않네
그 여자 매캐한 연기 속 그을음만
하늘 먼 밑바닥에 눌러붙어
혼자 사는 거라네

* 별밥 - 쌀을 주재료로 하였으나, 특별한 재료와 양념을 첨가해 지은 밥

한평생 그리움의 심지를 태웠지만, 온전히 자신을 태워보지 못한 자의
탄식이 꺼진 성냥개비처럼 높다란 하늘 위에 까맣게 서리다.

– 작업메모. 〈해바라기〉 중에서

운주사에 가고 싶다

운주사에 가고 싶다
가서,
그 부처 옆에 나란히 눕고 싶다

그렇게 누워 하늘 오래 쳐다보다
그분 코 고는 소리 들리면
곧 흔들어 깨워

부처님, 오늘은 하늘빛이 참 곱습니다
말도 걸어보고

그래도 영 심심하면
대체 언제 일어나시려고 그러세요
어리광도 부리면서

무심한 바람에
눈 코 입 다 닳아 없어지고 싶다

탑의 노래 27×20×40 resin

운주사에 가고 싶다
가서,
그 부처 함께 쓸쓸히 늙어가고 싶다

소나기 27×25×25 resin

마음의 거처

청개구리 연잎 그늘 속에 숨었다
나비는 분홍색 꽃대 위에 앉아 있다
하늘은 높고 구름 흐르던가
어디나 깃들면 거기가 집이니
만 개의 구름이 흘러간 자리
떠 있는 낮달이 문패처럼 아프다

노동의 이항

노동을 밥이라 읽다가, 가치라고 읽다가,
가난이라 읽다가 쟁기처럼 돌아누운 밤
평생 땅 하나 파먹고 살다 간 당신의 권위를
경전처럼 소리 내어 불러봅니다
먼 항구의 기적처럼,
궁벽진 이곳에 곡비처럼 자신을 세워놓고 살다 간 아버지!
이제 나는 당신을 뭐라 불러야 할까요
하늘입니까 땅입니까

아버지 27×20×53 bronze

네 지친 천 개의 강물 위에는

꽃이라는 말이 있다 45×25×40 bronze

꽃이라는 말이 있다

생이란,
기실 알고 보면 여기가 거기 같고
거기가 여기를 닮은 열차 같은 것

그래 맞다, 지네야
네가 꽃이다

나는 이제 부스럼 숭숭 돋은
네 징그런 가시발을 발통이라 이름하마

눈 대신 발로써 평생을 기어 다닌
네 혐오한 몸뚱어리를
피안행 차안발 꽃 열차라 명명하마
그러니,

오늘은 꽉 닫힌 목청을 열고
어디 한번 기차의 흉내라도 내 보거라

화통처럼 기막힌 세월을 불 밝히며
퇴화된 네 눈 안에 달이라도 한 점 부려 보렴

꽤액 꽥,
승객 하나 없는 빈 객차를 거느린 채
어딜 가는지

힘겹게, 저 많은 산과 강을 지나
피안의 거처를 찾아 나선 꽃 같은 갑사야

거기 달처럼 유려하고 강처럼 무장했던
세월이 간다

오늘도 네 지친 천 개의 강물 위에는
꽃처럼 빛나는 별 몇 번이고 떴다 지고

물그림자 다시 어리고

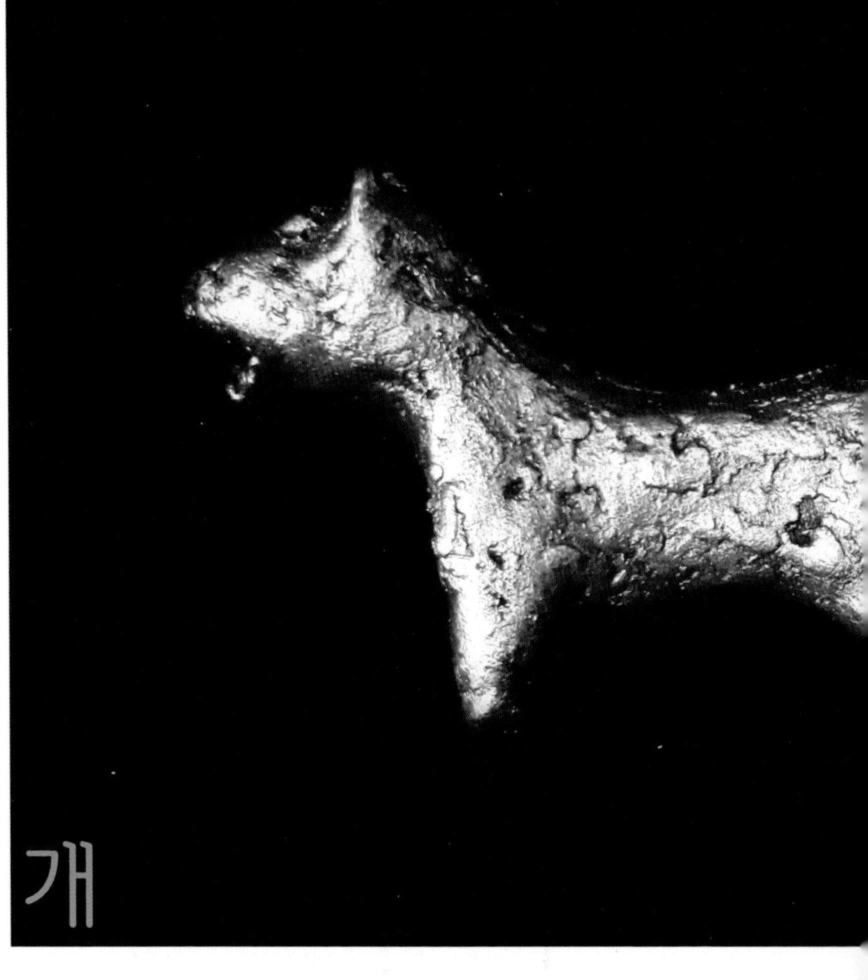

개

의심의 귀는 하늘 먼 곳에 텐트를 쳤고 탐미의 혓바닥은

지상 맨 아래 칸에 사글셋방을 들였다

오래 길들여졌다곤 하나 울부짖는 소리는 아직도 먼 산 향해

열려 있고 그 몸이 풀려나 자유롭다곤 하나 단 한 번도 마을의

강역 벗어나 본 적이 없었다

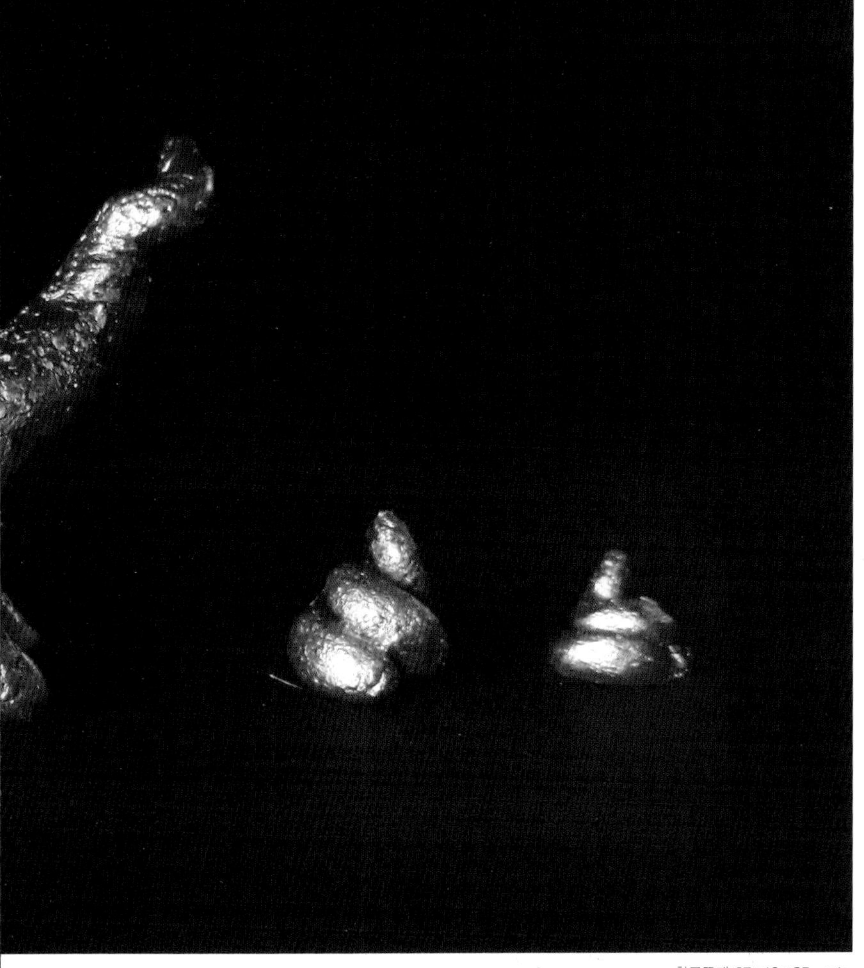

황금똥개 27×10×25 resin

세상 점거하기 위해 부단히 많은 양의 씨 뿌렸으되

그때마다 엇나간 홀레는 속박의 불알쯤에서 조루하거나

단명하기 일쑤였고 근친은 늘 자유와 맞바꾸기엔 그 끈이

다분히 서너 끗은 부족하였더라

모루와 마루

모루를 두드린다
쟁쟁했던 생의 한때가 불꽃처럼
튀어 오른다
살아,
만 근의 나락은 져 날랐을 아버지
반생이처럼 휜 달이 숨어있을 법한
내 맘속 대장간
녹슨 모루 위로
얼마나 많은 별 떴다 졌을까
모루를 두드린다
그때마다 버려진 당신의 민둥산 위로
각성처럼 뜬 달이 속살을 드러낸다
불꽃이 튄다

torso 10x10x14 resin

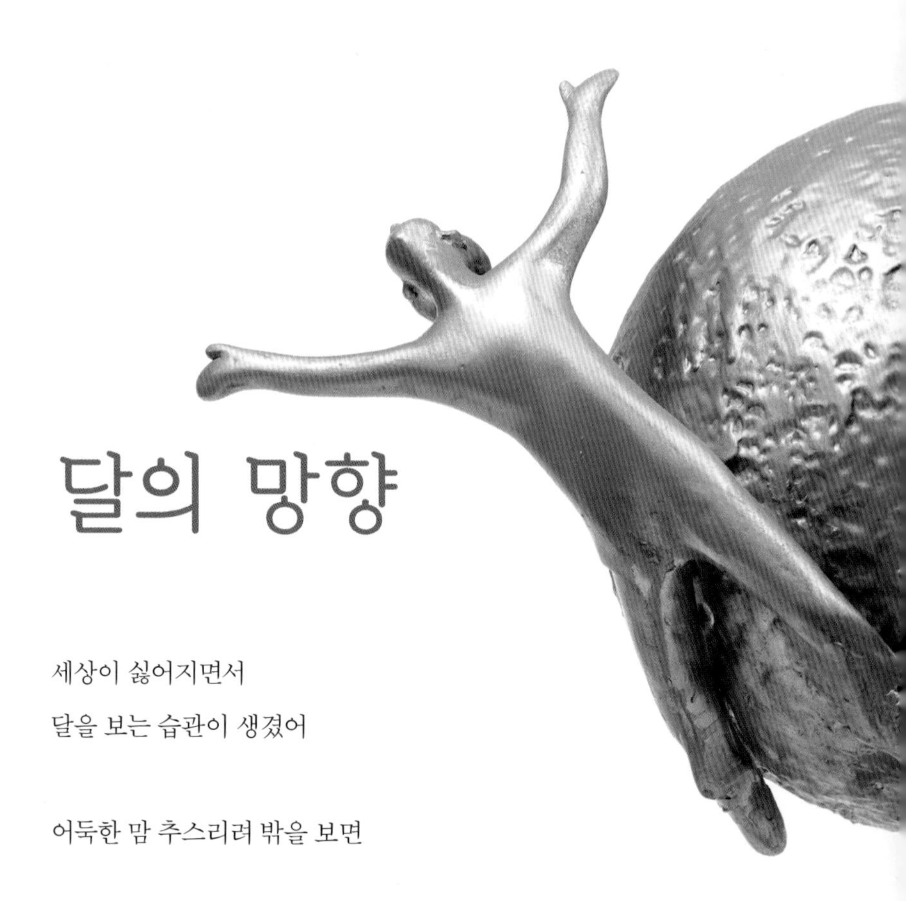

달의 망향

세상이 싫어지면서
달을 보는 습관이 생겼어

어둑한 맘 추스리려 밖을 보면

거기 가망할 것 같은 도처 하나
망향처럼 새로이 실눈을 뜨지

그래, 삶은 멀고
희망은 늘 반박자쯤 나보다 먼저 왔다 가는
신기루 같은 것이었으니깐

어쩌면 나는 이번 생이 다 가기 전에
저 먼 곳에까지 걸어갈 수 없을는지
모르겠다

하지만 말이다

제 살을 발라 자신을 먹여 살리는 자의 쓸쓸함이,
저 달을 원적지로 삼은 자의 숙명 같은 건 아닐까

나 평생 고대했으되 단 한 번도 가닿지 못한
내 생의 하나뿐인, 저

달의 망향 48×25×65 resin

비

마침내,

마침내 비가 옵니다

아버지 애 태우던 콩밭에도,

봄내 물 주지 못한 잡과밭에도

마침내,

마침내 비가 내립니다

원창들 푸른 들녘에

죽은 줄 안 비가,

그 비가 살아서 옵니다

꽹가리 벅구 두드리며

그날처럼,

그날처럼 비가 내립니다

춤추는 48×28×63 resin

먼동

당신을 알고부터 생각 많아졌지요
생각 많아질수록 수심 깊어졌답니다
어떡하면 살아질까요
가장 최근의 날들부터
비교적 나는 당신과의 일들을 소상히 기억합니다
밤마다 알 수 없는 하늘에 쪽문 하나 묻어놓고
깊게 잠든 날이면
아직 채 여물지 못한 생각 하나
신열처럼 어두운 하늘을 열고
저만치 먼동을 몰고 오는 게 보였습니다

수심 25×37×60 resin

밀밭에서 28×20×43 resin

슬픔에 그을린 얼굴 하나가

매미가 울어
느티나무 그늘이 좋다

그늘이 짙은 나무일수록
나이테가 크다

그 우물 속에
누군가 두레밥상을 펴놓았다

누가 긴 장대를 휘들러
하늘을 휘젓는지

매미가 울 때마다
둥근 밥그릇 속에 담긴 햇살이
면발처럼 뚝뚝 끊긴다

늙은 매미처럼
헛간에 등을 기댄 채 울다 간 사람이 있다

슬픈 그늘에 가려진 자신을
다싯물처럼 적시며 울던 사람

푸른 하늘이 싱겁게 간을 한
여름을 들출 때마다

슬픔에 그을린 얼굴 하나가
국숫발처럼 길게 뽑혀 나온다

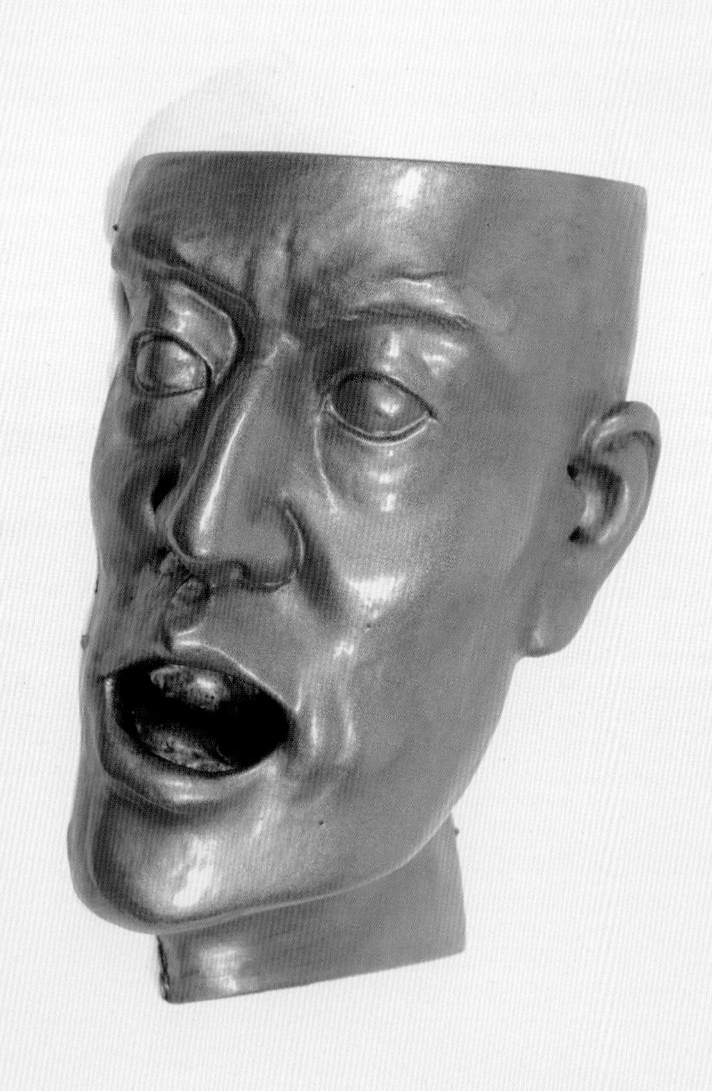

실직

빗자루를 들고 거미집을 걷었다

끊어진 줄 끝에 매달린 거미
쉽게 떨어질 생각 않는다

어디로 갈 것이냐
이젠 대체 뭘 먹고 살 것이냐

가진 거라곤 몸뚱이뿐인 거미에게 집이란,

매 순간 새로 차려 내야 할 밥상이자
평생을 두고 지켜야 할 망자의 빈소이다

오우, 사는 일이 고작해야
누군가의 밥줄을 끊어 제 명줄을 잇는 일이라니

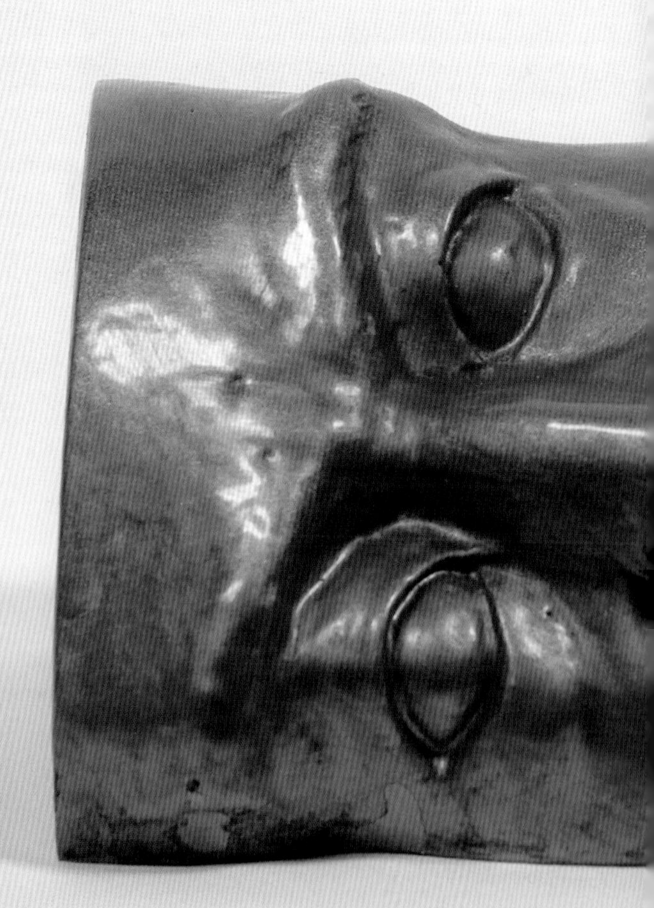

잠이 오지 않는다 23×18×11 resin

그 모진 삶에의 왜곡한 줄타기라니

찰진 밥 조각을 떼어 입에 넣고 삼킬 때마다

망자의 살점을 베어 문 듯

실직의 입맛이 비탄과 자책을 넘어

목젖에 와 걸린다

누워도 쉬 잠이 오지 않는다

바람여인 28×18×30 bronze

소리의 내부

속엣것이 빠져나간 것들은 한때나마,
자신의 일부였던 내부를 기억한다

뱀의 허물, 고동의 껍데기, 속이 텅 빈 깡통

그리고
누군가 먹다 버린 빈 소주병

바람이 불 때마다 네가 그리운 건

너를 닮은 허공이 내 안을 들락대며
수시로 앓아 우는 까닭이다

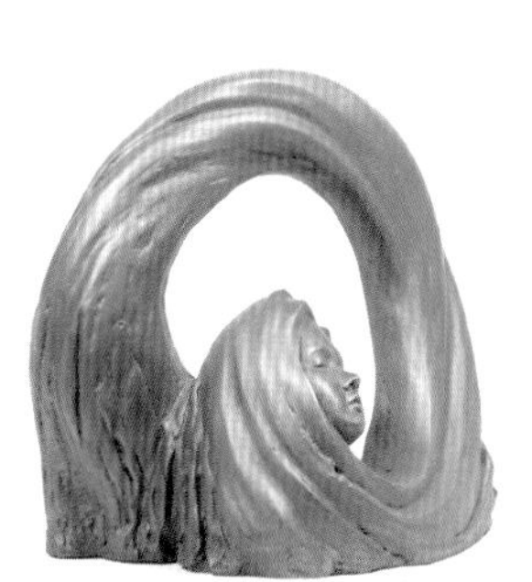

상실된 자
모두 구멍의 힘으로 우는 것이다

새의 상흔

새와 여인 33×30×95 bronze

파란 하늘 위에 낮달은 걸리었다

참을 수 없는 비애가 누이처럼 엎드려 운다

어디로 가는지 모를 새의 깃이여

퍼득이는 심장의 상흔으로 나의 심혈은 뛰노니

길든 대지를 떠나

오늘도 찢어진 파편처럼

내 피는 적도쯤에 가닿는다

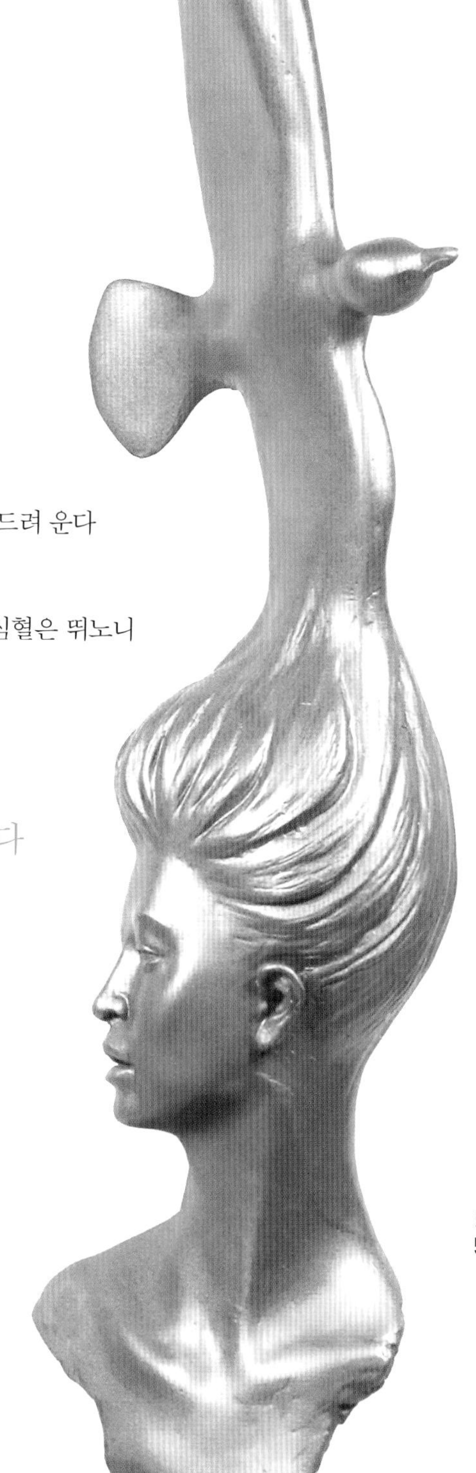

굳이라는 말

그대
굳이 오지 않아도 좋다
굳이
말하지 않아도 괜찮다
굳이라는 말
해도 좋지만 안 해도 괜찮은 말
그 말과 말 사이의 거리
굳이라는 말 속엔
안 해도 한 만큼의 넉넉함과
하고도 하지 못한 만큼의 아쉬움과
자책과
외로워도 외롭지 않은 만큼의 쓸쓸함과
기다림이 있다
그대
굳이 말하지 마라
애쓰지 마라
오늘은 비가 와
나 그대 굳이 다녀간 줄 알겠다

흔적 30×150×40 bronze

어린시절 30×25×68 resin, bronze

내 어떤 어린 날은 배추흰나비처럼

내 어떤 어린 날은 배추흰나비처럼 자주색 무꽃 위에 앉아 놀다가 괜스레 파란 피마자 잎 뒤에 가 까닭 모를 설움에 몸도 태웠다가 간혹 우물에 비친 하늘빛이 참 고와서 살짝살짝 그 물에 발도 대보다가 비 내리면 우레 같은 천둥소리에 놀라 달아나기도 하다가 마침내 비 그치면 공깃돌처럼 새로 돌아와 놀기도 하다가

꽃과 나비

꽃을 든 소녀 60×50×110 bronze

꽃이 피자 나비가 날아왔어요
꽃은 나비의 집인가요 기도처인가요
하루하루를 빌어먹어야 할 밥상인가요

굳이 묻지 마세요
거기까지 알 필요 없잖아요

그것이 무엇이든
환각처럼 달콤한 꽃잎 몇 장 거느린 채
저 푸른 하늘을 건너가기만 하면 될 테니까요

맞아요 집이 없으시다고요
기도가 필요하시다구요

그렇다면
가슴에 접어둔 꽃들을 서둘러 펼쳐보세요
그 꽃들이 다 떨어지기 전에요

우리 잠시 여기 앉아 쉬었다 가기로 해요
알 수 없는 계절이 우리를 다시 부르러
올 때까지만이라도요

Gimcheon

혼곤한 잠

시가,

그것이 고요하고 차분한 거라면

참 좋겠는데

그렇지 못한 날은 잠자리처럼

얼마만큼 맘이 들떠있다

날씨는 기분에 따라 달라지는 거라서

수레국화 한 점 허공에

툭, 따 던지니

어디서 말발굽 소리 들리는 듯

귓속이 우멍하다

여기서 태양까지 가자면

베옷이 필요한데

물살에 실어 보낼 꽃신 한 점 없다

나의 잠은 한동안 깨지 않아도 좋을 만치

혼곤한 것이었으면 참 좋겠다

날개여인 35×35×80 resin

집 44×20×45 granite, bronze

길의 풍속

평생 집 한 칸 장만치 못한 이에겐 집이
상속의 대상이거나 유숙의 전형일 테지만,
길의 풍속에 익숙한 자에게 집이란, 보기에도 힘겨운
짐 또는 거추장스런 등껍질밖에 더 될 것인가

음률 33×20×95 bronze, granite

추파를 던져씄다

세상에 태어나 내가 할 것이라곤 사랑뿐이어서요

오늘도 여기저기 추파를 던져봅니다

그 추파 가끔 눈 맞으면 열병도 앓고

헤어지면 서운함에 치 떨며 울기도 하였지요

어찌 저 고운 것들을 놔둔 채 나 잠들 수 있을까요

내 앞에 남겨진 생들이 벼랑처럼 아파서

가끔은 신열을 앓듯 젖기도 하지만

열 번 아니 만 번을 생각한다 해도 내가 세상에 태어나 할 거라곤

사랑뿐이어서요

아무리 던져도 받아줄 리 없는 빈 사랑뿐이어서요

오늘도 여기저기 편지를 쓰듯 나를 던져봅니다

더는 반겨줄 주소도, 소인도 없는

나무의 밀교

늙은 나무를 보면
입교하고 싶다

나무는 현명해서
가까이 다가가면
그 마을 전설을 다 들려줄 것 같다

푸른 가지마다 둥근 경전을 펴든 채
서 있는 나무

봄이면 다시 꽃을 암송하는 나무

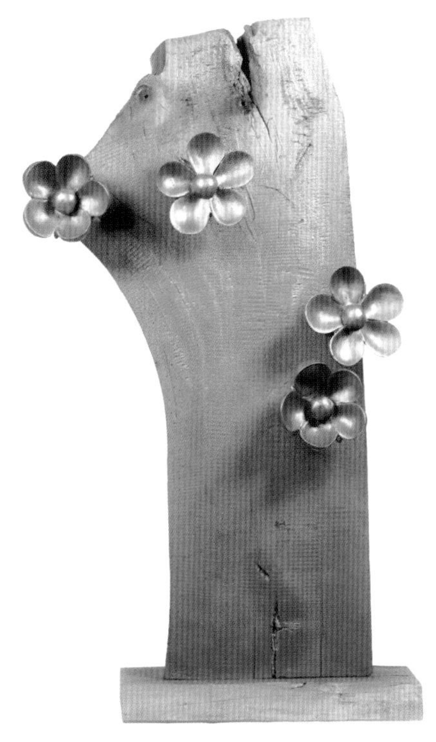

늙은 꽃 45×25×80 resin

나무의 사원에 밤이 오면

낮 동안의 노고 풀어놓고

밀교처럼, 새들도

시린 등 기대어 푸른 잠 든다

사랑의 노래 – 하나

바람은 고수의 특권이다
그렇게 살다 가고 싶다
어디서 부는지
알 듯 모를 듯 난해한 문장처럼
더러는 꽃 피는 봄과 같이
물 안의 아지랑이 파문처럼
맴돌듯이

물결 소리 40×40 ceramic, bronze

보이지 않는 것들 20×15×25 white marble, bronze

사랑의 노래- 둘

저녁 밥상 물리듯
어느 날 문득
우리가 사라진다 해도
괜찮은 것이겠지
내가 아니어도 이 저녁 달 뜨고
숭늉처럼 별 다시 돋는구나
그렇구나

양산배기 가득한 철쭉꽃마냥
이 세상 하직하듯
어느 날 문득
내가 지고 없는 날에도
원창들 봇도랑엔 감자꽃 피고
개구리 울음 자북하니
저 들을 다시 건너가겠구나

흔적 30×60 objet trouve

사랑의 노래- 셋

무심했던 맘이여
돌아서면 남이었을 이여
돌아보면 세상천지 꽃 아닌 것 없었다
그대
캄캄한 하늘에 오늘은 달 뜨고
바람 한 점 불지 않는데
그 한 조각 떼어다
쪽박난 내 맘에 걸어놓나니
그리운 이여
그대 그 안에서 꽃처럼 바람처럼
오래 살다 갈 일이다

사랑의 노래 – 넷

어제는 사랑을 구걸했지만 오늘은 미움을 동냥하겠다
세상은 모두 날 미쳤다 했지만
단 한 번도 나는 날 배반한 적 없었으니.
다만 너희의 오만과 독선과 겸허와 매일매일의 기도 앞에
눈먼 신이 찾아와 이따금 자리를 바꿔 놓고 갔을 뿐

보아라
애끓는 자들의 통점만으로도 세상은
얼마나 아름다운 신전일 것인가

사사로이 우리라는 이름 앞에 나는 더 이상 나를 팔아 우려먹진 않겠다

바람처럼 불결처럼 110x60x190 granite

사랑의 노래 – 다섯

비가 옵니다
그 소리를 혼자 누워 듣습니다

호수 위에 떨어지는 빗소리는
누구의 마음인가요

비의 마음인가요

수면의 마음인가요

그러곤
당신의 이름을 나지막이 소리 내 불러봅니다

이미 없는 당신이 내 안에
파문처럼 울려 퍼집니다

물소리 50×10×40 white marble, bronze

이 밤

눅눅하게 젖는 나의 심사는 나의 것인가요

이미 없는 당신의 노래인가요

내가 먼 날은

시가 먼 날은

내가 먼 날이다

너무 멀어

도무지 아무 생각 나지 않는

날이다

먼 훗날 시는 가고

나조차 가서 오지 않은 날이면

낮달 젖은 하늘 구름

누가 봐줄까

노래해 줄까

새의 노래 300×350×800 bronze, granite

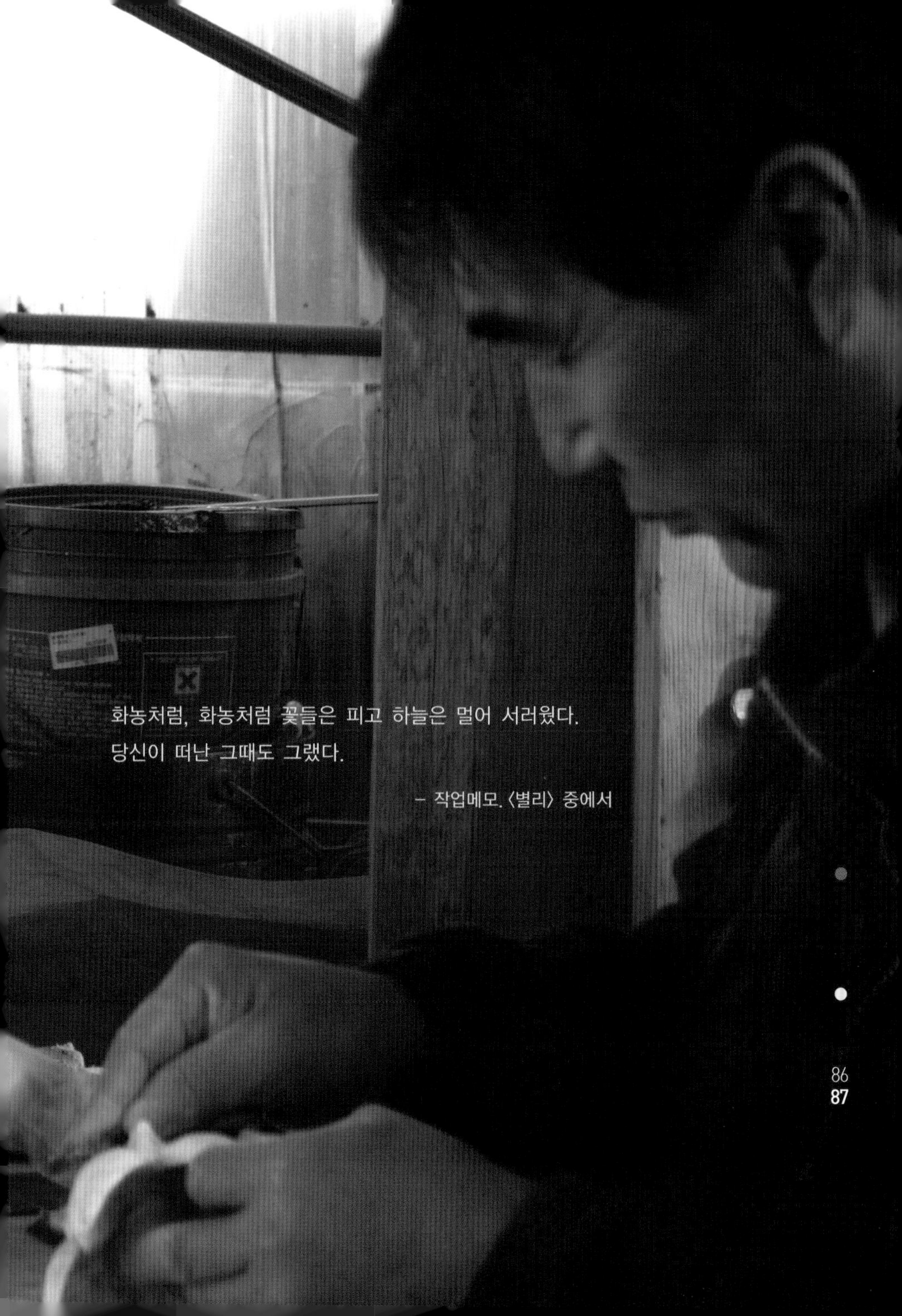

화농처럼, 화농처럼 꽃들은 피고 하늘은 멀어 서러웠다.
당신이 떠난 그때도 그랬다.

– 작업메모. 〈별리〉 중에서

고래의 생활난

한 봉에 칠백 원짜리 안성탕면을 생으로 입에 넣고
씹다 보면 삶이,
그것이 마젤란 해협의 그것처럼 길고 멀게 느껴지지
허나 허기진 배에 물이라도 한 사발 들이켜고 나면 희망이,
그것이 아프리카 최남단의 흰수염고래처럼 금세 부풀어 오른다

꼬르륵 꼬르륵 며칠 동안 희망과 절망을 오가며 배앓이 하다 보면 마침내
눈에 뵈던 헛것이 걷히고 세상 물빛이 달리 보이는 건,
내 안에 거대한 고래가 살고 있기 때문

그런 날이면 꼭 사달이 났다
보일 듯 말 듯, 그럼에도 하늘과 바다를 경계로
교묘히 헤엄쳐 온 고래의 생활난은
웬만해선 파도 앞에 자신의 배 뒤집어
물 밑 풍경을 보여주지 않는다는 것

고래의 꿈 10×10×18 white marble, bronze

이따금 수면 위로 쾹진한 가계의 밥 짓는 연기만 피워 올릴 뿐
다시 먼 바다로 나아간 고래는 한동안 쉽게
모습 드러내 보이지 않는 것이다

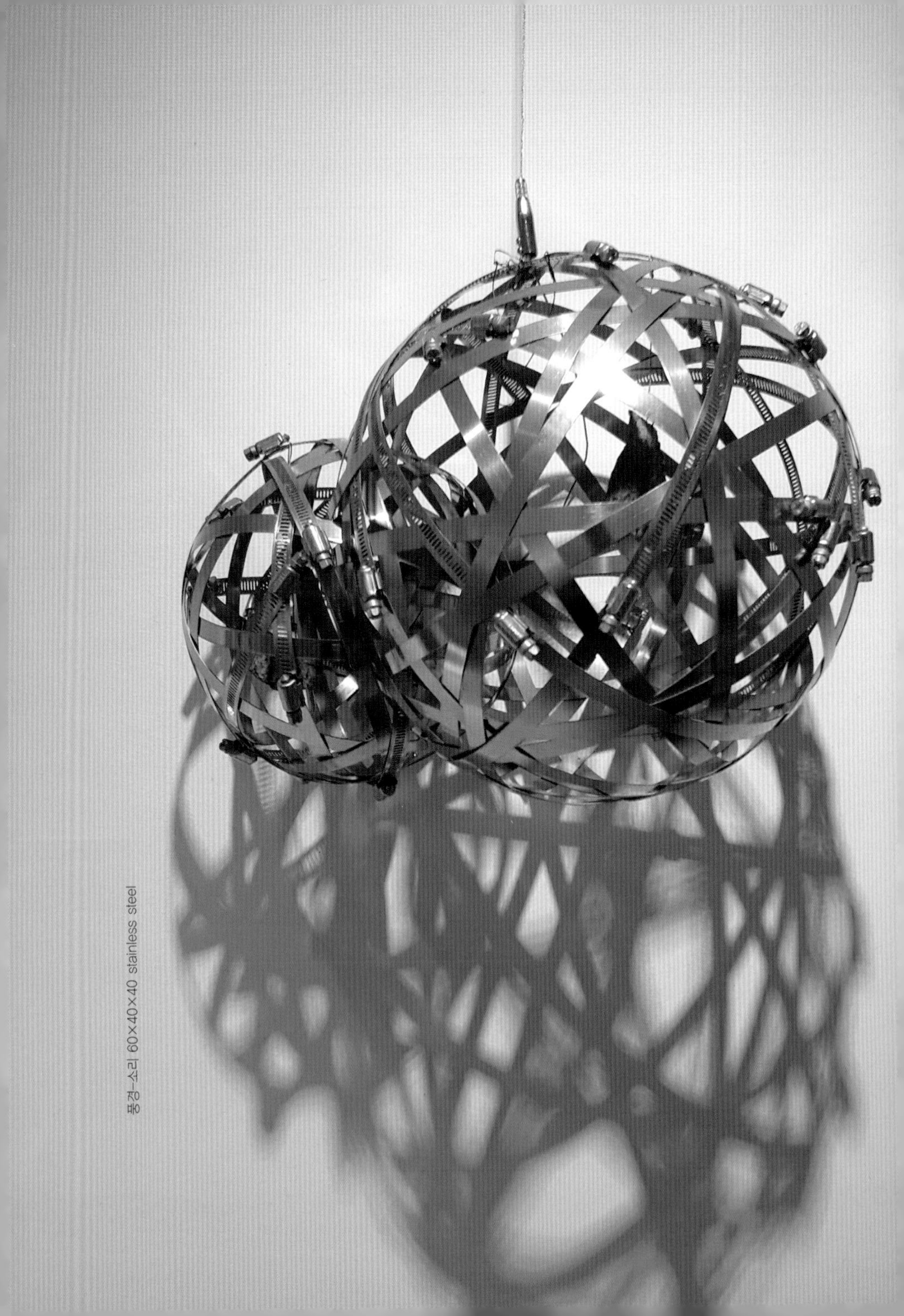

풍경-소리 60×40×40 stainless steel

너라는 집 안에서 생의 한 주기를 울었다

집을 지었다

벽체를 쌓고 서까래를 얹고 지붕을 덮었다

문이 없었다

밖에다 두고 온 문

나가고 싶지만, 나갈 수 없는 집

너라는 이름의 집 안에서

나는 생의 한 주기를 울었다

밖을 향해 소리쳤지만

들리지 않았다

출구가 없는 집

문이 없는 집은,

더 이상 집이 아니다

무덤이다

모든 무덤은

한 번 들어가면 다신 걸어 나올 수 없다

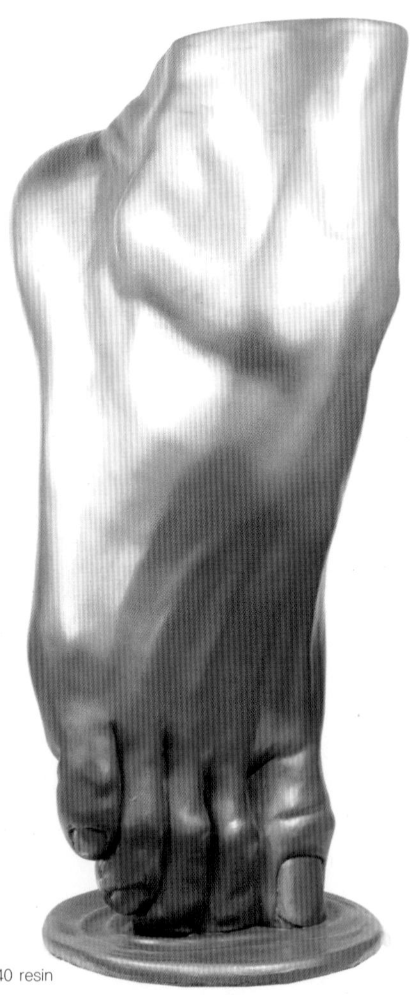

노고 60×60×140 resin

구름의 연대기

구름에게도 발이 있다

그믐처럼 우산을 편 채 흩어지는
유랑의 발자국 소리를 듣는다

누구 하나 미워해 본 적 없었지만
뭣 하나 사랑해 주지 못했으므로

나는 벌써 아무 일 없이
생의 절반을 허비해 버렸다

오도 가도 못하는 신세처럼
어제는 구름의 톱니바퀴에 발이 낀 사내가 죽었고

누구 하나 가본 적 없는 하늘 위로 새들은 자신을 내던지며
종적 없이 익사했다

그러곤 비가 왔고 구름이 걷혔다

이 계절이 지나고 나면 신기루처럼
봄은 다시 찾아올 테지만

미처 다 쓰지 못한 구름의 연대기는
유목처럼,

내 젖은 노트를 적시며 끝없이 우울한
항행을 거듭할 것이다

거룩한 연장

손은 풀을 뽑기에도,

땅을 고르기에도 맞춤하다

물건을 들기에도,

그 물건을 건네기에도 적당하다

생각건대,
손이 없었으면 어쩔 뻔했나

어머니 손에도

늘 손이 들려있었다

그 손으로 당신은 쌀을 씻고

밥을 안쳤다

때론 아픈 내 배를
밤새 만져 주기도 하셨다

이따금 꾸지람 가득한 아버지의 손이
내 얼굴에 날아들기도 했지만
벌겋게 단 뺨을 어루만져 준 것도 당신의 손이었다

풀을 뽑다 말고
당신이 물려준 세상에서 가장 오래고 거룩한
연장 하나를 생각했다

갈퀴처럼 굽은,
그 손 위에 가만히 내 손을 가져다 포개보았다

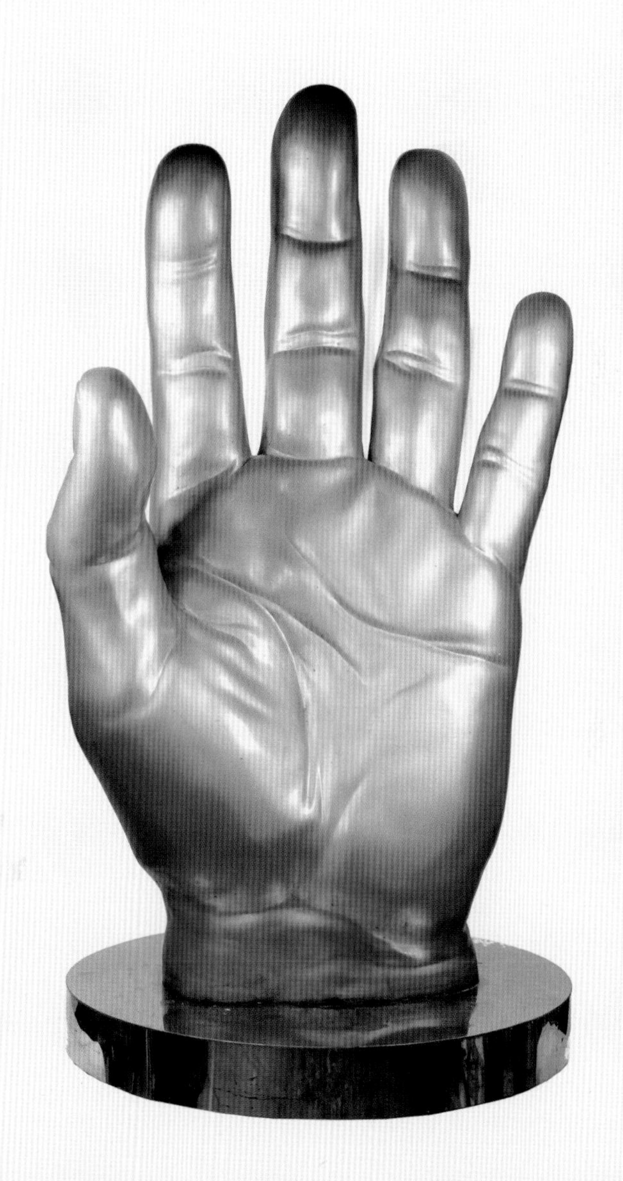

거룩한 손 120×60×140 resin

눈물 나는 날

오늘은 나처럼 착한 넘이
너처럼 착한 넘을 미워해서 눈물이 난다

세상은 아직 멀고 어둠은 켜켜한데

거기 누구 없소
거기 누구 없소

들리지 않는 저 고요는 누구의 침묵이며 말 없는 외침인가

오늘은 별마저 눈 감고
달 설핏 구름에 가려 보이지 않는데

그래, 그래

오늘은 나처럼 착한 넘이
너처럼 미운 넘을 죽도록 사랑해서 눈물 나는 날

산마저 그런 날 두고
오늘은 저만치 돌아누워 깊이 잠들었구나

어울림 40×40×110 bronze, granite

바람의 순정

붙잡히지 않기 위해 바람은,
좌로 백 번 우로 백 번 세상을 건너간다
분신사바 분신사바하,

백발이 되기까지 흔들리며
건들거리며

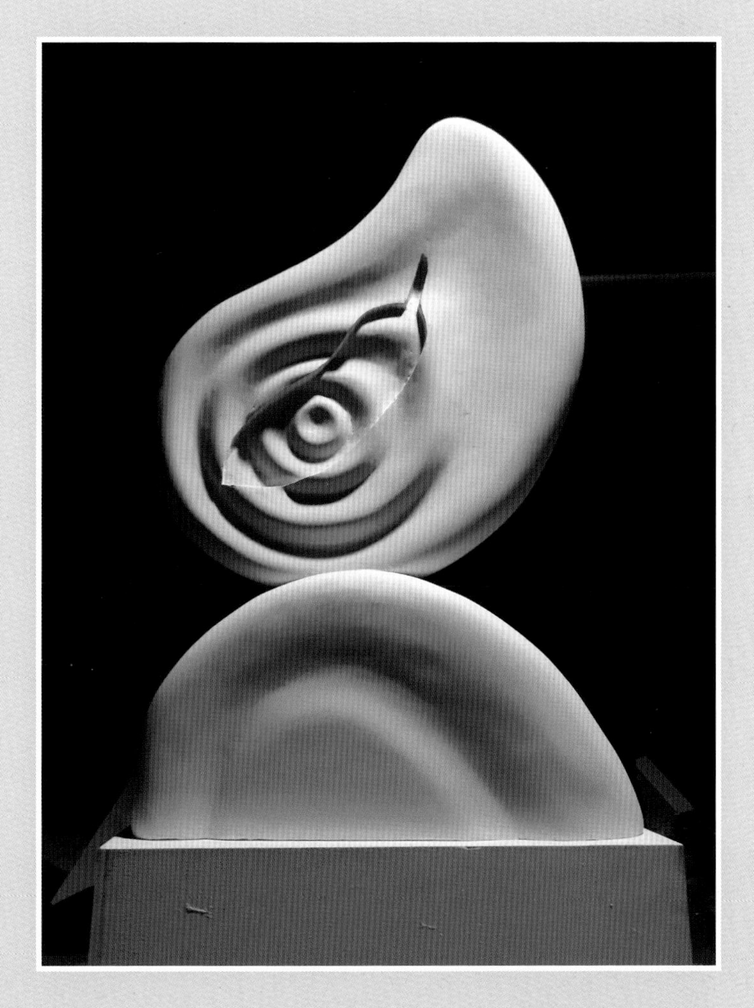

바람-흔적 100×30×120 resin

슬픔의 여울

슬픔의 너울을 본 적이 있는가

젖은 물여울이 황금빛으로 찰랑대는
시월의 감천강

늙은 곡상의 안부가 산발을 한 채
가을빛 속으로 천천히 쓰러져 눕고 있다

갈대처럼 곡진했던 생의 비애

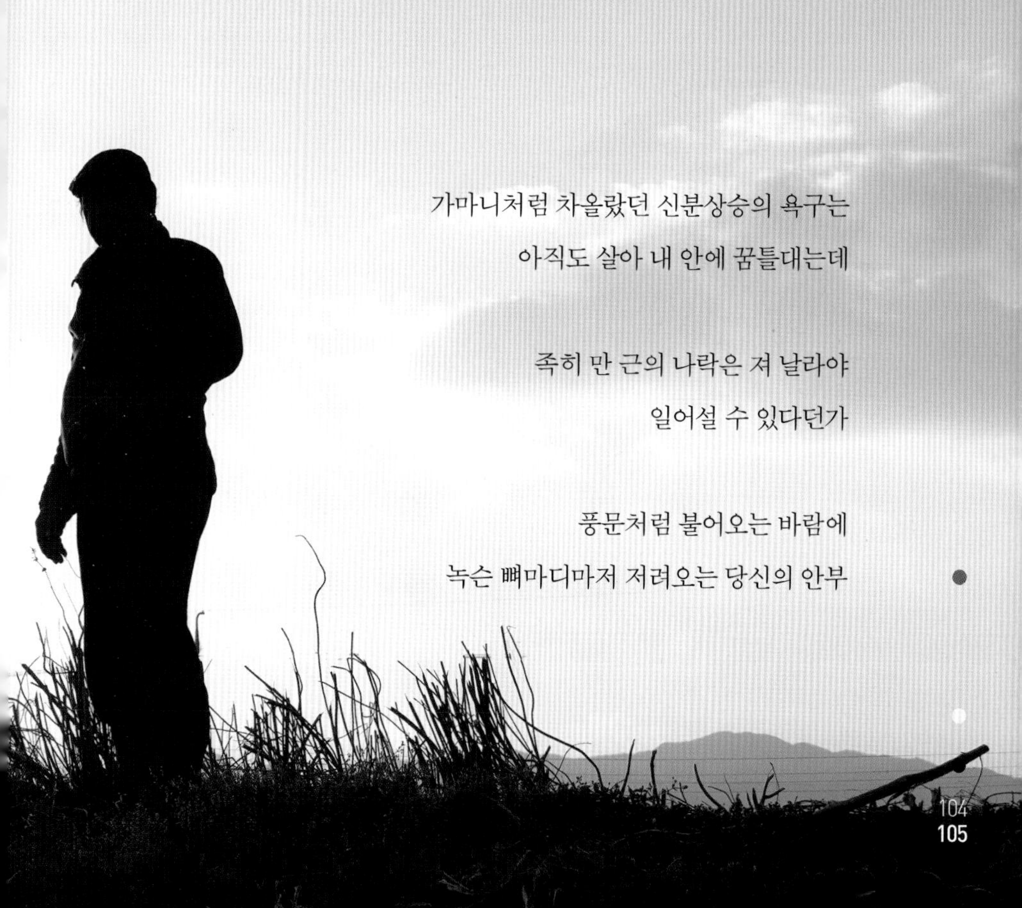

가마니처럼 차올랐던 신분상승의 욕구는
아직도 살아 내 안에 꿈틀대는데

족히 만 근의 나락은 져 날라야
일어설 수 있다던가

풍문처럼 불어오는 바람에
녹슨 뼈마디마저 저려오는 당신의 안부

아무리 기다려도 하구로 떠난 철새들
돌아오지 않는데

성긴 머리칼 풀어 헤치며
저녁 강변에 서면

아득히 몸져눕는 햇살 속으로
지문처럼 스러지는 물그림자

그 슬픈 너울의 광경을
그대 본 적이 있는가

강물-흔적 100×45×160 granite

마음이 운다

너 떠난 자리
내가 머무는 곳

더는 어쩌지 못한 마음이
자꾸 소리를 낸다

몸보다 먼저 마음이 알고
혼자 운다

저벅저벅 물소리를 내며
마음이 운다

바람처럼 물결처럼 120×45×150 granite

아버지의 소 30×20×30 stainless, resin

소

세월의 채근질에 눈곱 가득한 얼굴로 굼뜬 몸을 일으켜 아가리 가득 게으른 하품 몇 소끔 밖으로 토해내다 하릴없는 놈처럼 왕방울같은 눈 들어 먼데 하늘 쳐다본다 그제서야 먼 산 하나가 내 안에 들어와 빈 뜨락처럼 환히 자리를 잡고 앉는다

길

외딴길이 좋고 호젓한 것은 길과 나 둘이 만났기 때문이다
너무도 외로운 내가,
너무도 외로웠을 길을 만나 함께 걷고 있기 때문이다
누군가 찾아와 걷지 않으면 길도 저만치 혼자 누워 우는 것이다

그리움

저녁 참새들이 대숲을 흔들어 대고 있다
몸으로써 퍼득이며 밤새 자신을 쪼아본 사람은 알 것이다

그리움이란,
내 안에 감당할 수 없는 거대한 파도 하나 넣어놓고 다스리는 일임을

섬

사람이 그립다
외따로 앉았으되 결코 혼자가 아니라는 안도감이 소금기마냥 묻어나는
*미역오리를 닮은 사람

마주한 둘 사이에 물이 차면, 각자의 맘 기슭에 정박해 둔 배를 타고
뿔뿔히 떠나가고 또 떠나오고야 말

아주 먼 섬 같은

* 미역오리 - 미역귀

추천사

시와 조각의 진흙 더미

– 박기영 시인

언어와 조각은 형체가 드러나는 순간 세계를 규정하고, 나눈다. 둘 사이에 차이가 있다면 그것이 존재하는 위치가 다르다는 것이다. 공간과 개념이라는 위치는 숙명처럼 느껴지지만, 언제나 사람의 상상력은 숙명을 뛰어넘으면서 우리 인간에게 행복을 만들어 주었다.

조각에서 시를 발견하는 순간은 의외로 많다. 자코메티의 세계는 잘 발골된 언어의 탑 같은 공간을 만들어 내고, 로뎅의 미끈한 질감에서는 에로티시즘의 울퉁불퉁한 입체감이 사람을 생의 욕망 안으로 끌어당긴다.

그와 반대로 시에서 조각의 입체감으로 우리를 이끌고 가는 것들도 수없이 많다. 김춘수의 「꽃」 같은 경우는 허공에 단어가 새겨짐으로써 영원히 지워지지 않는 마음의 조형이 사람들 가슴에 각인이 되는 것을 경험시킨다. 언어는 상상 속에서 보이지 않는 조각도를 휘둘러 사람들 마음에 존재를 입체감 있게 구축해 내는 힘을 발휘한다.

이 두 세계가 만난다는 것은 새로운 공간을 열어가는 길을 만든다는 것이다. 디지털 세계가 등장하면서 우리는 지금까지 다른 공간의 예술을 수없이 경험하는 세계에 살고 있다. 그것은 우리가 익히 알고 있는 세계와 다른 공간을 펼친다. 대표적인 것으로는 그것이 시간 예술을 끌어당긴다.

조각과 언어는 지금까지 이차원과 삼차원의 공간에 존립하던 예술이었다. 그런데 두 세계가 만나면서 시간이라는 보이지 않는 새로운 세계를 은유적으로 포함시키는 행위가 벌어진다. 아울러 또 다른 차원을 우리 앞에 펼쳐 보인다.

그것은 지금까지와 달리 감상자라는 새로운 공간을 당겨 와서 감상자를 상상의 영역으로 안내하는 것이다. 시인의 언어와 조각가의 손길이 만나서 무엇을 탄생시켰는지 제삼자에게 질문하는 영역을 만들어 낸다.

두 사람은 김천이라는 공간 속에서 농업이라는 공동의 직업 영역을 가지고 있고, 그것을 예술이라는 프리즘을 통해 제삼자에게 공명시키는 실험을 행하고 있다. 여기에는 두 사람의 공동의 시간이 담겨 있고, 그 시간의 연결성은 감상자에게 함께 참여하기를 권유한다.

시와 조각의 만남이라는 이들 행위는 디지털 시대에 예술이 어떤 공간과 시간 속에서 살아남을 수 있는가 하는 시도이다. 그 시도는 감상자들의 참여를 요구한다. 시라는 이차원적 문자 스토리를 공간화시키고, 이를 드러냄으로써 참여자에게 질문을 하는 이번 작업이 우리를 즐겁게 하는 가장 큰 이유는 두 사람의 세계에 내가 참여할 수 있는 영역이 만들어 진다는 데 있다.

그들은 언어와 공간의 영역에 당신의 상상력을 개입시키라고 요구한다. 그리고 그렇게 개입한 당신도 그들의 작업 속으로 들어와 함께 세계를 해석하고 나눠 보자고 말을 건넨다.

이제 당신이 그 답을 만들어 이들의 행위를 완성할 때이다. 우주는 그렇게 당신이 함께함으로써 완성되는 것이다. 이 콜라보가 우리를 즐겁게 하는 이유가 바로 그것이다. 두 만남은 당신의 시선이 닿고 그 시선의 무수한 말들이 피어올라야 완성되는 순간을 이루어낸다.

그것을 이제 당신이 완성시킬 시간이 이 앞에 펼쳐져 있다.

우주의 진흙을 주무르듯 이 콜라보를 주물러 그들의 세계를 완성해 달라.